Églogas

Publius Virgilio Marón

ÉGLOGA I

El pastor Títiro encarece al pastor Melibeo su gratitud a un poderoso bienhechor por haberle restituido una heredad que le había sido arrebatada, con cuya ocasión lamentan ambos las desgracias que acarrea la guerra civil a los labradores.

(Melibeo. Títiro)

MELIBEO

¡Títiro!, tú, recostado a la sombra de esa frondosa haya, meditas pastoriles cantos al son del blando caramillo; yo abandono los confines patrios y sus dulces campos; yo huyo del suelo natal, mientras que tú, ¡oh Títiro!, tendido a la sombra, enseñas a las selvas a resonar con el nombre de la hermosa Amarilis.

TÍTIRO

A un dios, ¡oh Melibeo!, debo estos solaces, porque para mí siempre sera un dios. Frecuentemente empapará su altar la sangre de un recental de mis majadas; a él debo que mis novillas vaguen libremente, como ves, y también poder yo entonar los cantos que me placen al son de la rústica avena.

MELIBEO

No envidio, en verdad, tu dicha; antes me maravilla, en vista de la gran turbación que reina en estos campos. Aquí me tienes a mí, que, aunque enfermo, yo mismo voy pastoreando mis cabras, y ahí va una, ¡oh Títiro!, que apenas puedo arrastrar, porque ha poco parió entre unos densos avellanos dos cabritillos, esperanza, ¡ay!, del rebaño, los cuales dejó abandonados en una desnuda peña. A no estar obcecado mi espíritu, muchas veces hubiera previsto esta desgracia al ver los robles heridos del rayo . Mas dime, Títiro, ¿quién es ese dios?

TÍTIRO

Simple de mí, creía yo, Melibeo, que la ciudad que llaman Roma era parecida a esta nuestra adonde solemos ir los pastores a destetar los corderillos; así discurría yo viendo que los cachorros se parecen a los perros y los cabritos a sus madres, y ajustando las cosas grandes con las pequeñas; pero Roma descuella tanto sobre las demás ciudades como los altos cipreses entre las flexibles mimbreras,

MELIBEO

¿Y cuál tan grande ocasión fue la que te movió a ver a Roma?

TÍTIRO

La libertad, que, aunque tardía, al cabo tendió la vista a mi indolencia cuando ya al cortarla caía mas blanca mi barba; me miró, digo, y vino tras largo tiempo, ahora que Amarilis es mi dueña y que me ha abandonado Galatea; porque, te lo confieso, mientras serví a Galatea ni tenía esperanza de libertad ni cuidaba de mi hacienda, y aunque de mis ganados salían muchas víctimas para los sacrificios y me daban muchos pingües quesos, que llevaba a vender a la ingrata ciudad, nunca volvía a mi choza con la diestra cargada de dinero.

MELIBEO

Me admiraba, ¡Amarilis!, de que tan triste invocases a los dioses y de que dejases pender en los árboles las manzanas. Títiro estaba ausente de aquí; hasta estos mismos pinos, ¡oh Títiro!, estas fuentes mismas, estas mismas florestas te llamaban.

TÍTIRO

¿Qué había de hacer? Ni podía salir de mi servidumbre ni conocer en otra parte dioses tan propicios. Allí fue, Melibeo, donde vi a aquel mancebo en cuyo obsequio humean un día en cada mes nuestros altares; allí dio, el primero, a mis súplicas esta respuesta:

"Apacentad, ¡oh jóvenes!, vuestras vacas como de antes; uncid al yugo los toros."

MELIBEO

¡Luego conservarás tus campos, venturoso anciano!, y te bastarán sin duda, aunque todos sean peladas guijas y fangosos pantanos cubran las dehesas. No dañarán a las preñadas ovejas los desacostumbrados pastos ni se les pegará el contagio del vecino rebaño a las paridas. ¡Anciano venturoso! Aquí respirarás el frescor de la noche entre los conocidos ríos y las sagradas fuentes; aquí las abejas hibleas, apacentadas en los sauzales del vecino cercado, te adormecerán muchas veces con su blando zumbido; aquí cantará el podador bajo la alta roca, y entre tanto no cesarán de arrullar tus amadas palomas ni de gemir la tórtola en el erguido olmo.

TÍTIRO

Por eso antes pacerán en el aire los ligeros ciervos y antes los mares dejarán en seco a los peces en la playa; antes, desterrados ambos de sus confines, el Parto beberá las aguas del Araris o el Germano las del Tigris, que se borre de mi pecho la imagen de aquel dios.

MELIBEO

Y entre tanto nosotros iremos unos al África abrasada, otros a la Escitia y al impetuoso Oaxes de Creta, y a la Bretaña, apartada de todo el orbe; y ¿quién sabe si volveré a ver, al cabo de largo tiempo, los confines patrios y el techo de césped de mi pobre choza, admirándome de encontrar espigas en mis campos? ¿Un impío soldado poseerá estos barbechos tan bien cultivados? ¿Un extranjero estas mieses? ¡Mira a que estado ha traído la discordia a los míseros ciudadanos! ¡Mira para quién hemos labrado nuestras tierras! Injerta ahora, ¡oh Melibeo!, los perales, pon en buen orden las cepas; id, cabrillas mías, rebaño feliz en otro tiempo; ya no os veré de lejos, tendido en una verde gruta, suspendidas de las retamosas peñas. No entonaré cantares; no más, cabrillas mías, pastoreándoos yo, paceréis el florido cantueso ni los amargos sauces.

TÍTIRO

Bien pudieras, empero, descansar aquí conmigo esta noche en la verde enramada; tengo dulces manzanas, castañas cocidas y queso abundante. Ya humean a lo lejos los mas altos tejados de las alquerías y van cayendo las sombras, cada vez mayores, desde los altos montes.

ÉGLOGA II

El pastor Coridón lamenta los desdenes del hermoso mancebo Alexis y procura cautivarle con promesas y halagos.

ALEXIS

El pastor Coridón ardía de amor por el hermoso Alexis, delicias de su dueño, y ni aun esperanzas alcanzaba. Frecuentemente se iba a la sombra de unas frondosas hayas, y allí, solitario, con inútil afán, confiaba a los montes y a las selvas estos desaliñados acentos. "¡Oh cruel Alexis! ¡Nada se te importa de mis cantos? ¿No te compadeces de mí? ¡Así me dejas morir? Ésta es la hora en que los ganados buscan las sombras y la frescura, en que los verdes lagartos se esconden bajo las cambroneras y en que maja Testilis ajos y serpol, hierbas olorosas, para los segadores fatigados por el ardiente estío, y yo entre tanto voy buscando tus pisadas por entre los arbustos, que, bajo un sol abrasador, resuenan con el canto de las roncas cigarras. ¿No me hubiera estado mejor sufrir las iras y los orgullosos desdenes de Amarilis? ¿No me hubiera valido mas servir a Menalcas, aunque él sea moreno y tú blanco? No fíes demasiado en el color, ¡oh hermoso mancebo! Se deja perder la blanca alheña y se cogen los oscuros jacintos. Me desprecias, Alexis, y ni siquiera preguntas quién yo sea, cuán rico soy en ganados, cuánto abunda la blanca leche en mis majadas. Mil ovejas mías vagan por los montes de Sicilia; no me falta leche fresca ni en verano ni en el rigor del frío. Canto como solía Anfión Tebano en el monte Aracinto de Acaya cuando juntaba sus rebaños. Ni tampoco soy tan feo; ha poco me vi en la playa, estando el mar muy sosegado, y si no mienten las aguas, no temo competir con Dafnis juzgándonos tú, ¡Oh!, ¡plázcate solamente habitar conmigo estos campos, para ti enojosos, y estas humildes chozas, y herir los ciervos y guiar con la verde vara de malvavisco un hato de cabritillos! Cantando conmigo en las selvas imitarás al dios Pan, que nos enseñó el primero a juntar con cera varias cañas; Pan protege a los ganados y a sus rabadanes. No temas herirte el labio con la caña; por aprender estos cantos, ¿qué no hacía Amintas? Tengo yo una zampoña formada de siete cañas desiguales, antiguo regalo de Dametas, el cual me dijo al morir: "Tú eres el segundo que la posee." Esto dijo Dametas, y el necio de Amintas tuvo envidia. Tengo también dos cabritillos manchados de pintas blancas que me encontré, no sin riesgo, en un valle; cada día apuran la leche de dos ovejas, y los guardo para ti. Grande empeño tiene Testilis, tiempo ha, por sacármelos, y al cabo lo conseguirá, pues te repugnan mis dádivas. Ven, ¡oh hermoso mancebo!, verás como las ninfas te traen canastillos llenos de azucenas; para ti la blanca Náyade cogiendo pálidas violetas, amapolas y narcisos los enlaza con la flor del fragante eneldo, y entretejiendo el espliego con otras hierbas olorosas, colora los suaves jacintos con la amarilla caléndula. Yo mismo cogeré para ti membrillos cubiertos de blando vello y castañas, a que era tan aficionada mi Amarilis, y a ellas añadiré doradas ciruelas, que también te gustarán. Y os cogeré además, ¡oh laureles!, y a ti, ¡oh mirto!, que naces junto a ellos, para que así colocados mezcléis vuestros gratos olores. Necio eres, Coridón; Alexis no hace caso de tus dones y en porfía de dádivas no te cedería Iolas el campo. ¡Ah!, ¿qué he deseado, miserable de mí? Ciego de amor, he precipitado al Austro sobre las flores y a los jabalíes en las cristalinas fuentes. ¿De quién huyes, insensato? También los dioses, también el troyano Paris, habitaron algún día en las selvas. Recréese Palas en las fortalezas que levantó ella misma; ¡plázcannos sobre todo a nosotros las selvas! Sigue al lobo la torva leona, el lobo a la oveja; la oveja triscadora sigue al florido cantueso; a ti, ¡oh Alexis!, te sigue Coridón; cada uno va en pos de la afición que le arrastra. Mira, los bueyes vuelven de la labor, pendientes al yugo de los arados, y el sol en ocaso dobla las sombras, a cada instante mayores; yo entre tanto me abraso de amor; para este mal de amor, ¿qué término hay? ¡Ah Coridón, Coridón! ¡Qué locura se ha apoderado de ti? Medio podadas tienes tus vides entre esos frondosos olmos. ¿Por que no preparas a lo menos canastillos de mimbres y blandos juncos, que tanto necesitas? Otro Alexis encontrarás, si te desdeña éste.

Los pastores Menalcas y Dametas, después de decirse groseras injurias, se desafían a cantar. Elegido Palemón árbitro de la contienda, no se atreve a decidirla.

(Menalcas. Dametas. Palemón)

MENALCAS

Dime, Dametas: ¿de quién es ese rebaño? ¿Acaso de Melibeo?

DAMETAS

No; es de Egón, que me lo confió pocos días ha.

MENALCAS

¡Rebaño siempre infeliz! Mientras su dueño se está al lado de Nerea, recelándose de verme preferido, aquí extraño pastor ordeña dos veces en cada hora sus ovejas, quitando así la sustancia al ganado y la leche a los corderos.

DAMETAS

Cuenta que tales denuestos no se dicen a hombres. Ya sabemos lo que te... cuando tus chivos te miraron de reojo... y en cuál gruta sagrada..., pero indulgentes las ninfas lo echaron a risa.

MENALCAS

Sería cuando me vieron cortar con maligna podadera los arbolillos y los majuelos nuevos de Micón.

DAMETAS

O aquí, junto a estas añosas hayas, cuando rompiste el arco y la zampoña de Dafnis, que mirabas con envidia, perverso Menalcas, porque sabías que se los habían regalado, y si no hubieras cebado en algo tu ira, de seguro te mueres.

MENALCAS

¡Qué no harán los amos cuando a tanto se atreven los siervos! ¡Acaso no te vi yo, malvado, sustraer con tretas un cabrito de Damón, mientras ladraba Licisca a todo ladrar? Y cuando yo gritaba: "¿Adónde se escapa ése? ¡Títiro, recoge el hato!", tú te escondías detrás de los carrizales.

DAMETAS

¿Por que, puesto que le vencí en el canto, no me entregaba aquel cabrito que le gané con mis versos al son de mi zampoña? Mía fue, si lo ignoras, aquella res, y el mismo Damón me lo confesaba; pero se negaba a devolvérmela.

MENALCAS

¡Tú vencerle en el canto! ¿Supiste tú nunca tañer las cañas unidas con cera? ¿No andabas tú, ignorante, sembrando despreciables versos por las callejuelas con tu rechinante caña?

DAMETAS

¿Quieres que probemos a ver alternativamente de lo que es capaz cada uno de nosotros? Yo apuesto esta becerrilla (y para que no la tengas en menos, te dire que se deja ordeñar dos veces al día y está criando dos chotos); dime ahora que prenda empeñas en la lid.

MENALCAS

Nada me atrevo a apostar contigo de mi rebaño, porque tengo un padre y una desabrida madrastra que dos veces cada día me cuentan ambos las reses, y uno de ellos en particular las crías; pero supuesto que das en esa locura, apostaré, y tú mismo confesarás que es prenda de mucho mas valor, dos copas de haya cinceladas por mano del divino Alcidemón, en las cuales una flexible vid, torneada de relieve en derredor con fácil giro, cubre los racimos mezclados con la pálida hiedra. En medio tienen dos figuras: una la de Conón y... ¿cuál fue aquel otro que trazó con el compás toda la redondez de la tierra habitada y señaló la época propia para los segadores y la que conviene al encorvado arador? Todavía no las he acercado a mis labios y las conserve bien guardadas.

DAMETAS

También para mi labró Alcidemón dos copas, cuyas asas rodeó con blando acanto y esculpió en el centro a Orfeo y a las selvas que le van siguiendo. Todavía no las he acercado a mis labios y las conserve bien guardadas. Si con mi novilla las comparas, verás que no hay razón para alabarlas tanto.

MENALCAS

No esperes escapárteme hoy; a todo me allano; óiganos solamente aquel que viene hacia aquí. Palemón es; yo haré que a nadie en adelante desafíes a cantar.

DAMETAS

Pues comienza si algo tienes que decir; por mi no habrá demora. Yo a nadie recuso; solo es preciso, vecino Palemón, que nos escuches con atención suma, porque la cosa es grave.

PALEMÓN

Cantad, puesto que estamos sentados sobre la blanda hierba. Ahora florecen las campiñas y los árboles, ahora las selvas se ven cubiertas de hoja; el año está ahora en toda su hermosura. Empieza, Dametas; tú, Menalcas, le seguirás después. Cantad alternativamente; los cantares alternados gustan a las Musas.

DAMETAS

Empecemos por Júpiter, ¡oh Musas! De Júpiter están llenas todas las cosas. Él fecunda las tierras, él inspira mis cantos.

MENALCAS

Y a mí me protege Febo; por eso tengo siempre ofrendas para él, laureles y el suave encendido jacinto.

DAMETAS

Galatea, niña traviesa, me tira una manzana y huye hacia los sauces, mas antes de esconderse procura que la vea.

MENALCAS

De propio grado se me ofrece Amintas, mi amor, y tanto que la misma Delia no es ya mas conocida de mis perros.

DAMETAS

Dispuestas tengo las ofrendas para mi Venus, porque conozco bien el sitio donde anidan las ligeras palomas torcaces.

MENALCAS

Diez pomas de oro, cogidas por mí del árbol, he enviado a mi zagal. No pude más; mañana le enviaré otras tantas.

DAMETAS

¡0h, cuántas y cuán dulces cosas me ha dicho Galatea! Llevad, ¡oh vientos!, una parte de ellas a los oídos de los dioses.

MENALCAS

¡De qué me vale, Amintas, que no me desdeñes, si mientras tú acosas a los jabalíes yo me quedo guardando las redes?

DAMETAS

Envíame mi Filis; hoy es mi natalicio, Iolas; cuando inmole una becerra para alcanzar buenas mieses, ven tú.

MENALCAS

¡Oh Iolas! Amo sobre todas a Filis, porque lloró cuando me partí, y en un largo adiós: "¡Adiós -me dijo-, gentil Menalcas!"

DAMETAS

Terribles son el lobo para los rediles, los aguaceros para las mieses maduras, los vendavales para los árboles y para mí el enojo de Amarilis.

MENALCAS

Grata es la lluvia para los sembrados, grato es el madroño a los destetados cabritillos; el flexible sauce es grato a las preñadas ovejas. Para mí solo es grato Aminta.

DAMETAS

Polión gusta de mis cantos, aunque pastoriles. Musas, apacentad una novilla para vuestro lector.

MENALCAS

También Polión compone versos por nuevo estilo. ¡Oh Musas!, apacentad para él un novillo que embista ya y esparza al viento la arena con los pies.

DAMETAS

El que bien te quiera, ¡oh Polión!, venga adonde se regocije de verte; para él corran arroyos de miel; produzca amomos para él la punzante zarza.

MENALCAS

El que no deteste a Bavio, guste de tus versos, Mevio, y unza al yugo raposas y ordeñe machos cabríos.

DAMETAS

Vosotros, mancebos, los que andáis cogiendo flores y la humilde fresa, huid de aquí; la fría culebra se oculta debajo de la hierba.

MENALCAS

Guay, ovejuelas, detened el paso; no es segura la orilla; los mismos carneros están ahora secando su vellón.

DAMETAS

Aparta del río mis cabras, Títiro; yo mismo, cuando sea sazón, las lavaré todas en la fuente.

MENALCAS

Zagales, recoged las ovejas; si el calor les seca la leche, vanamente las ordeñaremos como antes.

BAMETAS

¡Ay! ¡Ay!, ¡cuán flaco está mi toro en medio de estos abundosos pastos! La misma pasión de amor trae perdidos al ganado y al ganadero.

MENALCAS

No es, por cierto, causa el amor de que mis ovejas estén en los huesos; yo no sé quién aoja a mis tiernos corderillos.

DAMETAS

Dime, y serás para mí el grande Apolo, en qué tierras no se ven mas que tres brazas de cielo.

MENALCAS

Dime en qué tierras nacen las flores llevando estampados los nombres de los reyes, y Filis sera para ti solo.

PALEMÓN

No me es dado ajustar entre vosotros tan porfiadas lides; ambos merecéis la novilla, como cualquiera otro que o tema dulces amores o los experimente amargos. Zagales, cerrad ya las acequias; bastante ban bebido los prados.

ÉGLOGA IV

Vaticina el poeta, evocando los oráculos de la Sibila de Cumas, el nacimiento de un niño maravilloso, por quien ha de volver al mundo la edad de oro.

POLIÓN

Cantemos, ¡oh musas sicilianas!, asuntos algo mas levantados. No a todos agradan los arbustos y los humildes tamariscos; si cantamos las selvas, sean las selvas dignas de un consul.

Ya llega la última edad anunciada en los versos de la Sibila de Cumas; ya empieza de nuevo una serie de grandes siglos. Ya vuelven la virgen Astrea y los tiempos en que reinó Saturno; ya una nueva raza desciende del alto cielo. Tú, ¡oh casta Lucina!, favorece al recién nacido infante, con el cual concluirá, lo primero, la edad de hierro y empezará la de oro en todo el mundo; ya reina tu Apolo. Bajo tu consulado, ¡oh Polión!, tendrá principio esta gloriosa edad y empezarán a correr los grandes meses; mandando tú, desaparecerán los vestigios, si aún quedan, de nuestra antigua maldad, y la tierra se verá libre de sus perpetuos terrores. Este niño recibirá la vida de los dioses, con los cuales verá mezclados a los héroes, y entre ellos le verán todos a él, y regirá el orbe, sosegado por las virtudes de su padre. Para ti, ¡oh niño!, producirá en primicias la tierra inculta hiedras trepadoras, nardos y colocasias, mezcladas con el risueño acanto. Por sí solas volverán las cabras al redil, llenas las ubres de leche, y no temerán los ganados a los corpulentos leones. De tu cuna brotarán hermosas flores; desaparecerán las serpientes y las falaces hierbas venenosas; por doquiera nacerá el amomo asirio, y cuando llegues a edad de leer las alabanzas de los héroes y los grandes hechos de tu padre, y de conocer lo que es la virtud, poco a poco amarillearán los campos con las blandas espigas, rojos racimos penderán de los incultos zarzales y las duras encinas destilarán rocío de miel. Todavía quedarán, sin embargo, algunos rastros de la antigua maldad, que moverán al hombre a provocar en naves las iras de Tetis, a ceñir las ciudades con murallas y a abrir surcos en la tierra. Otro Tifis habrá, y otra Argos, que llevará escogidos héroes; otras guerras habrá también, y por segunda vez caerá sobre Troya un terrible Aquiles. Mas luego, llegado que seas a la edad viril, el nauta mismo abandonará la mar y cesarán en su tráfico las naves; todo terreno producirá todas las cosas. La tierra no consentirá el arado, la vid no consentirá la podadera y el robusto labrador desuncirá del yugo los bueyes. No aprenderá la lana a teñirse con mentidos colores; por sí mismo el carnero en los prados mudará su vellón, ya en suave púrpura, ya en amarilla gualda; con solo pastar la hierba, se vestirán de escarlata los corderillos. ¡Corred, siglos venturosos!, dijeron a sus husos las Parcas, acordes con el incontrastable numen de los Hados. Ya es llegado el tiempo; crece para estos altos honores, ¡oh cara estirpe de los dioses, oh glorioso vástago de Júpiter! Mira cómo oscila el mundo sobre su inclinado eje, y cómo las tierras y los espacios del mar, y el alto cielo y todas las cosas se regocijan con la idea del siglo que va a llegar. ¡Ojalá me alcance el último término de la vida y me quede aliento bastante para decir tus altos hechos! No me vencerá en el canto ni el tracio Orfeo ni Lino, aun cuando asistan a éste su padre y a aquél su madre, Calíope a Orfeo, a Lino el hermoso Apolo. Si el mismo Pan compitiese conmigo, siendo juez la Arcadia, el mismo Pan se declararía vencido delante de la Arcadia. Empieza, ¡oh tierno niño!, a conocer a tu madre por su sonrisa; diez meses te llevó en su vientre con grave afán; empieza, ¡oh tierno niño! El hijo que no ha alcanzado la sonrisa de sus padres no es admitido a la mesa de los dioses ni en el lecho de las diosas.

ÉGLOGA V

Los pastores Menalcas y Mopso celebran en magníficos versos a Dafnis; el primero llora su muerte y el segundo canta su apoteosis.

(Menalcas. Mopso)

MENALCAS

¿Por qué, ¡oh Mopso!, ya que ambos somos hábiles, tú en tañer el leve caramillo y yo en cantar versos, no nos sentamos aquí, entre estos olmos enlazados con avellanos?

MOPSO

Mayor eres que yo, y justo es, Menalcas, que yo te obedezca, bien nos sentemos bajo las movibles sombras que cambian con los céfiros, o mejor en aquella cueva; mira cómo esparce por ella la vid silvestre sus escasos racimos.

MENALCAS

Solo Amintas en nuestras montañas es capaz de competir contigo.

MOPSO

¿Qué conmigo? Al mismo Apolo presume él aventajar en el canto.

MENALCAS

Empieza, Mopso, el primero, y canta, si de ellos sabes, los amores de Filis, los loores de Alcón o el combate de Codro. Empieza; Títiro nos apacentará los cabritos.

MOPSO

Mas bien probaré a cantar estos versos, que escribí poco ha en la corteza de una verde haya a medida que los iba entonando, y haz que venga luego Amintas a competir conmigo.

MENALCAS

Cuanto es inferior el flexible sauce al pálido olivo, cuanto lo es el humilde espliego a los purpúreos rosales, tanto, en mi sentir, te es inferior Amintas.

MOPSO

Mancebo, no digas mas; ya hemos llegado a la cueva.

Lloraban las Ninfas a Dafnis, muerto de cruel manera: testigos de su llanto fuisteis vosotros, ¡oh avellanos y oh ríos!, cuando, abrazada al mísero cuerpo de su hijo, la madre llamaba crueles a los dioses y a los astros. ¡oh Dafnis!, ningún zagal en aquellos días llevó a abrevar sus ya apacentados bueyes a los frescos ríos, ninguna res bebió en las corrientes ni rumió la grama de los prados. Los agrestes montes y las selvas repiten que hasta los leones africanos, ¡oh Dafnis!, lloraron tu muerte. Dafnis nos enseñó a uncir al carro los tigres armenios, Dafnis a celebrar las fiestas de Baco y a entretejer los flexibles tirsos con blandas hojas. Como la vid es gala de los árboles, la uva de las vides; como los toros son la de los rebaños y las mieses la de los pingües sembrados, tú eras la gala de los tuyos; desde que te arrebataron los Hados, la misma Pales, el mismo Apolo, han abandonado nuestros campos. Muchas veces en los surcos en que sembramos robusto grano solo nacen miserable cizaña y avenas locas; en vez de la blanda viola, en vez del purpúreo narciso, brotan el cardo y el punzante espino. ¡Oh pastores!, esparcid hojas por la tierra, cubrid de sombras las fuentes; Dafnis quiere que se le rinda este tributo, y labrad un túmulo y poned en él esta inscripción: "Yo soy Dafnis, conocido en estas selvas, de donde llegó mi fama hasta los astros, de hermosa grey pastor mas hermoso todavía."

MENALCAS

Tu canto ha sido para mí, ¡oh divino poeta!, cual el sueño sobre la hierba para el que va fatigado, cual el agua dulce de un manantial para el que en ella apaga la sed en el estío. Ni solo en tañer el caramillo, mas también en la voz igualas a tu maestro, ¡oh afortunado mancebo!, igual a él serás tú. Yo entre tanto, a mi vez, cantaré como pueda mis versos y levantaré a tu Dafnis hasta el cielo. Hasta el cielo le levantaré; que también a mí me quería Dafnis.

MOPSO

¿Y cual don hay mayor que ése para mí? Digno es el mancebo de que tú cantes, y ya hace tiempo que me elogió Stimicón esos tus versos.

Maravillado contempla Dafnis radiante de blanca luz las para él desconocidas puertas del Olimpo y mira bajo sus pies las nubes y las estrellas; por eso se regocijan las selvas, y los campos, y Pan, y los pastores, y las vírgenes Dríadas, y el lobo no hostiga el ganado, ni las redes tendidas ofrecen asechanzas a los ciervos; el buen Dafnis quiere para todos la paz. Hasta los fragosos montes alzan a las estrellas gritos de alborozo; las mismas rocas, los arbustos mismos prorrumpen en cánticos, repitiendo: Dafnis es un dios. Menalcas, sí, es un dios. ¡Oh!, sé bondadoso y propicio para los tuyos. Ve aquí cuatro altares; ve aquí dos para ti, ¡oh Dafnis!, y los otros dos para Febo. Cada año te consagraré dos copas llenas de espumosa leche recién ordeñada y otras dos del pingüe zumo de la oliva, y alegrando sobre todo los festines con el mucho beber, al amor de la lumbre, si en invierno, y a la sombra, si en verano, echaré con profusión en las copas los vinos del Arviso, nuevo néctar. Cantarán para mí Dametas y el licio Egón, y Alfesibeo remedará las danzas de los sátiros. Siempre te dedicaremos estas fiestas cuando tributemos a las Ninfas solemnes votos y purifiquemos los campos. Mientras los jabalíes moren en las cumbres de los montes y los peces en los ríos, mientras las abejas liben el tomillo y las cigarras el rocío, siempre vivirán entre nosotros tu gloria, tu nombre y tus loores. Como a Baco y a Ceres, así los labradores te ofrecerán sus votos todos los años, y tú, como ellos, los obligarás con tus favores a cumplirlos.

MOPSO

¿Con cuáles dones, con cuáles podré remunerar tales versos? Porque no me recrean tanto ni el fresco soplo del austro, ni el rumor de las playas batidas por las olas, ni el de los ríos que se deslizan por entre pedregosas cañadas.

MENALCAS

Lo primero te daré esta delicada flauta; ésta es la que me enseñó a cantar: "Coridón ardía de amor por el hermoso Alexis"; ella me enseñó también: "¿De quién es ese rebaño? ¡Es acaso de Melibeo?"

MOPSO

Pues toma tú, Menalcas, este cayado, vistoso con sus nudos iguales y guarnecido de acero. Muchas veces Antígenes me rogó que se lo diera, sin conseguirlo, y eso que bien merecía entonces inspirar amor.

Sorprendido Sileno en una gruta por los zagales Cromis y Mnasilo, a quienes se agrega la náyade Egle, y obligado a decir versos, les cuenta el origen del mundo conforme a la doctrina de Epicuro y recuerda varias fábulas de la antigüedad.

SILENO

Mi musa se estrenó en el verso siracusano y no se avergonzó de habitar en las selvas. Cuando iba a cantar los reyes y las batallas, Apolo me tiro de la oreja y, reprendiéndome, me dijo: "Títiro, atienda el pastor a apacentar un lucido rebaño y cante versos humildes; por eso ahora cultivaré la poesía campestre al son del blando caramillo, ya que te sobrarán, ¡oh Varo!, quienes aspiren a decir tus loores y cantar las tristes guerras. Canto lo que me manda Apolo; con todo, si alguno leyere estos versos y se prendare de ellos, verá que a ti, ¡oh Varo!, te cantan nuestros tamariscos y todas nuestras selvas; porque ninguna página es mas grata a Febo que aquella en que está escrito el nombre de Varo.

Proseguid, ¡oh Piérides! Los mancebos Cromis y Mnasilo vieron un día a Sileno dormido en una cueva, hinchadas, como siempre, las venas con el vino que había bebido la víspera. Las guirnaldas caídas de su cabeza yacían esparcidas en torno y de su mano pendía un pesado cántaro con el asa desgastada. Tíranse sobre él y le atan con sus mismas guirnaldas, resentidos con el viejo porque muchas veces los había engañado prometiéndoles versos. Agrégase a los tímidos mozos como compañera y les viene en ayuda Egle, la mas hermosa de las Náyades, y apenas abre los ojos, le pinta la frente y las sienes con rojas moras. Él, riéndose de la burla: "¿Por que me habéis atado? -les dice-. Desatadme, muchachos; basta que se vea que habéis podido atarme. Oíd los versos que deseáis que os cante: para vosotros, los versos; para ésta reserve otra merced." Y al mismo tiempo empieza a cantar. Vieras entonces danzar a compás los faunos y las fieras y mecer sus copas las ásperas encinas. No se alborozan tanto las rocas del Parnaso con los cantos de Febo, ni el Ródope ni el Ismaro se maravillan tanto con los de Orfeo.

Porque canto cómo estaban confundidos en el inmenso vacío los elementos de las tierras, del aire, del mar y del líquido fuego; cómo estos primeros elementos dieron principio a todas las cosas y al mundo mismo, tierno todavía; cómo empezó a endurecerse el suelo y empezaron a separarse los ríos del mar y a tomar poco a poco sus formas los objetos. Ya las tierras se asombran de ver brillar el nuevo sol, ya de ver caer las lluvias de lo alto, disipándose las nubes, ya de ver que empiezan a brotar las selvas y de que vayan escasos brutos por los montes desconocidos. Después canto las piedras que arrojara Pirra, y el reinado de Saturno, y las aves del Cáucaso, y el robo de Prometeo. Añade a estas cosas la historia de Hilas, abandonado en las aguas, a quien llamaban los marineros cuando en toda la playa resonaba: ¡Hilas, Hilas! Y canta a Pasífae enamorada de un toro blanco como la nieve, a Pasífae feliz si nunca hubiera habido ganados. ¡oh virgen desventurada! ¿Qué locura se apoderó de ti? Las hijas de Preto llenaron los campos de falsos mugidos, pero ninguna siguió tan torpes ayuntamientos con los ganados, aunque temían el arado para su cuello, y algunas veces se tocaban la lisa frente, creyendo hallar astas en ella. ¡Ah virgen desventurada!, ahora andas errante por los montes, y él, tendido su níveo costado sobre el blando jacinto, rumia pálidas hierbas a la sombra de una negra encina o sigue a alguna vaca en un gran rebaño. ¡Cerrad, oh Ninfas, cerrad ya, oh Ninfas Dicteas, las entradas de los bosques! Acaso verán mis ojos algunas errantes pisadas del toro amado; acaso también, atraído por la verde hierba o siguiendo a los ganados, algunas vacas le conduzcan a los establos gortinios. Luego canta a la doncella prendada de las manzanas del jardín de las Hespérides; luego rodea a las hermanas de Faetón con el musgo de una amarga corteza y las levanta de la tierra convertidas en erguidos álamos. Canta, además, a Galo, errante junto a los ríos del Permeso, y cómo una de las nueve hermanas le condujo a los montes Aonios, y cómo en su presencia se levantó todo el coro de Febo, y cómo el pastor Lino, ceñido el cabello de flores y amargo apio, le dijo en divinos versos: "Recibe este caramillo que te dan las Musas y que dieron antes al anciano de Ascra, con el cual solía atraerse de los montes, cantando, los ásperos fresnos. Con él dirás el origen del bosque Grineo, para que no haya así ninguno de que más se precie Apolo." ¡Diré que canto a Escila, hija de Niso, de quien es fama que rodeaban su blanco vientre monstruos labradores, que fatigó las naves de Ulises, y en el profundo abismo hizo que despedazasen, ¡ay!, los perros marinos a sus trémulos nautas, y que canto también los miembros transformados de Tereo? ¿Cuáles manjares, cuáles dones dispusiera para él Filomela? ¡Cómo tendió su vuelo hacia los desiertos y cómo antes revoloteaba el infeliz por encima de su propio techo?

Todas aquellas cosas que en otro tiempo oyó cantar a Apolo el feliz Eurotas, y el dios enseñó a los laureles, cantó Sileno; los valles, conmovidos, las llevan hasta los astros. Al fin mandó recoger las ovejas en los rediles y contarlas, y con pesar del cielo, se levantó la estrella de Venus.

ÉGLOGA VII

El pastor Melibeo, yendo en busca de una oveja que se le había extraviado, asiste a un certamen poético entre Coridón y Tirsis, convidado por Dafnis, árbitro de la competencia.

(Melibeo. Coridón. Tirsis)

MELIBEO

Sentose por acaso Dafnis un día bajo la sonora copa de una encina, hacia la cual guiaron también Coridón y Tirsis sus rebaños reunidos; Tirsis, sus ovejas; Coridón, sus cabras abundantes de leche; ambos en su edad florida, árcades ambos e igualmente hábiles en el canto, ya solo, ya alternado. Por allí se me extravió, mientras estaba yo preservando de la helada los tiernos arrayanes, el morueco de mi hato; vi a Dafnis, y en cuanto él reparó en mí: "Ven acá, Melibeo -me dijo-, ven acá; seguros están tu morueco y tus cabritos, y si te puedes detener un rato, descansa con nosotros a la sombra. Por aquí vendrán de suyo tus terneros a beber; aquí el verde Mincio ha cubierto sus riberas con tiernas cañas y los enjambres zumban en la sagrada encina." ¿Qué había de hacer? No tenía conmigo a Alcipe ni a Filis que me encerrasen en el redil los corderos destetados y ya estaba trabada gran lid entre Coridón y Tirsis. Pospuse, sin embargo, mis quehaceres a sus solaces, y a si empezaron a contender con sus versos alternativamente: las Musas querían versos alternados. Coridón decía unos y Tirsis a su vez replicaba con otros.

CORIDÓN

¡Oh ninfas de Libetra!, amor mío, concededme que cante como mi Codro, que compone versos poco inferiores a los de Febo, o si no a todos es dado tanto, quede pendiente de este sagrado pino mi caramillo sonoro.

TIRSIS

Pastores de la Arcadia, coronad de hiedra al poeta novel para que revienten de envidia las entrañas de Codro, o si me alabase mas de lo justo, ceñid mi frente de bácara; no sea que su maldiciente lengua dañe al futuro poeta.

CORIDÓN

Virgen de Delos, el humilde Micón te ofrece esta cabeza de un cerdoso jabalí y esta enramada cornamenta de un vigoroso ciervo. Si soy siempre tan feliz en la caza, te erigiré una estatua toda de terso mármol, calzada con purpúreo coturno.

LAS ÉGLOGAS TIRSIS

Cada año te ofrezco, ¡oh Príapo!, un cantarillo de leche y estas tortas, y no debes esperar mas de mí, pues solo me guardas un pobre huerto. Hasta ahora no he podido labrarte mas que de mármol; pero si abundan las crías en mi ganado, serás de oro.

CORIDÓN

¡Oh hija de Nereo, Galatea!, más dulce para mi que el tomillo hibleo, más cándida que los cisnes, más hermosa que la hiedra blanca; cuando vuelvan a sus establos mis toros de la dehesa, ven si en

algo tienes todavía a tu Coridón.

TIRSIS

Antes te parezca yo mas amargo que las hierbas sardas, mas desabrido que el rusco y mas vil que el légamo arrojado a la playa, si no es mas largo ya para mi este día que todo un año. Id, mis terneros, a la majada, si aún os queda alguna vergüenza; id, que bastante habéis pastado ya.

CORIDÓN

Musgosas fuentes, blanda hierba, deleitosa para el sueño, verde madroño que la cubres con escasa sombra, guareced del solsticio mi rebaño. Ya viene el ardiente verano, ya brotan las yemas en el alegre sarmiento.

TIRSIS

Tengo aquí un hogar y gruesas teas y una gran lumbrada que arde siempre, y puertas ennegrecidas con el continuo hollín. Tanto nos cuidamos aquí de los ríos del Bóreas como los lobos del número de las ovejas, o de sus riberas los ríos desbordados.

CORIDÓN

Aquí hay enebros y erizadas castañas; las manzanas yacen caídas por todas partes debajo de los árboles. Todo ríe ahora; mas si el hermoso Alexis se ausenta de estos montes, verás secarse hasta los ríos.

TIRSIS

Sécase el campo; con el ardor del aire se marchita la hierba moribunda; Baco niega a los collados las sombras de los pámpanos. Mas con la llegada de mi Filis reverdecerá todo el bosque, y Júpiter, en forma de abundantes aguas, bajará en alegre lluvia.

CORIDÓN

Gratísimo es el álamo a Alcides, la vid a Baco, el mirto a la hermosa Venus, su laurel a Febo. Filis prefiere los avellanos, y mientras los prefiera, ni el mirto ni el laurel de Febo vencerán a los avellanos.

TFRSIS

Hermoso es sobre todos los árboles el fresno en las selvas, el pino en los huertos, el álamo en las márgenes de los ríos, el abeto en los altos montes, pero si con más frecuencia vienes a verme, hermoso Lícidas, el fresno en las selvas, el pino en los huertos te cederán la palma.

MELIBEO

Estos versos conservé en la memoria, y me acuerdo también de que
en vano porfiaba Tirsis vencido. Y desde entonces, Coridón,
Coridón es para mi el primero.

ÉGLOGA VIII

Esta égloga tiene dos partes: en la primera, el pastor Damón canta las quejas de un amante de Nise, sacrificado a su rival Mopso; en la segunda, Alfesibeo declara los encantamientos de una hechicera para ganar la voluntad de Dafnis, y de esta segunda toma nombre la composición.

LA HECHICERA (Damón. Alfesibeo)

Voy a decir los cantares con que luchaban los pastores Damón y Alfesibeo, que olvidada de pastar, escuchaba la novilla embelesada; suspensos quedaban también los linces al oírlos y los ríos enfrenaban su desviada corriente. Voy a decir los versos de Damón y Alfesibeo.

¡Oh tú, que vas trasmontando ahora las peñas del gran Timavo o sigues la playa del mar de Iliria!, ¿cuándo llegará para mí el día en que pueda cantar tus altos hechos? ¡Cuándo me llegará el día en que pueda llevar por todo el orbe tus versos, únicos dignos del coturno de Sófocles? Tú diste principio, da hoy término a mis cantos; acepta éstos, que he escrito compelido por ti, y permite a esta hiedra que circunde tus sienes entre victoriosos lauros.

Apenas se había alejado del cielo la fría sombra de la noche, a la hora en que es gratísimo al rebaño el rocío de la blanda hierba, así empezó a cantar Damón, apoyado de pechos en su cayado de olivo:

DAMÓN

Ven, lucero de la mañana, precursor del almo día, mientras yo me lamento, burlado por la perfidia de mi prometida Nise, y aunque nada me ha aprovechado tomar a los dioses por testigos de mi desgracia, a ellos levanto mi voz moribunda en esta hora postrera.

Entona conmigo, zampoña mía, versos dignos del Ménalo.

El Ménalo tiene un bosque sonoro y gárrulos pinos; siempre está oyendo amorosas quejas de los pastores y al dios Pan, el primero que no consintió permaneciesen ociosos los caramillos.

Entona conmigo, zampoña mía, versos dignos del Ménalo.

A Mopso se da Nise; ¿qué no hemos de esperar los amantes? Los grifos se ayuntarán con las yeguas y pronto las tímidas corzas acudirán a abrevarse juntas con los perros. Corta, Mopso, nuevas teas; la mujer te llevan a casa. Esparce nueces, marido. para ti deja Héspero el Oeta.

Entona conmigo, zampoña mía, versos dignos del Ménalo.

¡0h esposa digna de tal marido! Tú, que a todos nos desdeñas, que aborreces mi caramillo y mis cabras, y mi cerdoso sobrecejo, y mi larga barba, y crees que no hay un dios que se cuida de las cosas mortales.

Entona conmigo, zampoña mía, versos dignos del Ménalo.

Te vi, cuando eras niña, que ibas con tu madre por mis huertos, cogiendo manzanas cubiertas de rocío. Yo era vuestro guía; entraba entonces en los doce años y ya podía alcanzar desde el suelo a los frágiles ramos. Te vi y empecé a morir. ¡Qué funesto delirio se apoderó de mi!

Entona conmigo, zampoña mía, versos dignos del Ménalo.

Ahora conozco al amor. Nació este niño entre duras peñas, en las regiones del Ísmaro o entre los remotos Garamantas; nada tiene de nuestro linaje ni de nuestra sangre.

Entona conmigo, zampoña mía, versos dignos del Ménalo.

El cruel Amor enseñó a una madre a mancharse las manos con sangre de sus hijos. Cruel fuiste tú también, ¡oh madre!, pero ¿fue más cruel la madre que malvado el niño? Malvado fue el niño, mas tú también, ¡oh madre!, fuiste cruel.

Entona conmigo, zampoña mía, versos dignos del Ménalo.

Huya ahora el lobo de la oveja, produzcan doradas pomas las duras encinas, florezca en los olmos el narciso, destile la corteza de los tamariscos espeso ámbar, desafíen a cantar las lechuzas a los cisnes, sea Títiro un Orfeo en las selvas, un Arión entre los delfines.

Entona conmigo, zampoña mía, versos dignos del Ménalo.

Tórnese mar ahora toda la tierra. Selvas, adiós para siempre. Desde la cima de un alto monte voy a precipitarme en las olas; recibe este postrer tributo de un moribundo.

Deja, deja ya de entonar, zampoña mía, versos dignos del Ménalo.

Esto canto Damón; decid vosotras, ¡oh Piérides!, lo que respondió Alfesibeo. No todos lo podemos todo.

ALFESIBEO

Trae agua y ciñe estas aras con flexibles vendas; quema pingües verbenas e inciensos machos; que quiero ver de sanar con mágicos conjuros la locura de mi amante. Dispuesto está todo, y solo falta el ensalmo.

Traed de la ciudad a casa, conjuros míos, traed a Dafnis.

Poderosos son los conjuros a atraer del cielo la luna; con ellos transformó Circe a los compañeros de Ulises; con ellos se parte en los prados la fría culebra.

Traed de la ciudad a casa, conjuros míos, traed a Dafnis.

Ciño lo primero esta tu imagen con tres lienzos de tres colores, dándoles tres vueltas, y tres veces la llevo en torno de los altares; el número impar es grato al numen.

Traed de la ciudad a casa, conjuros míos, traed a Dafnis.

Ata, Amarilis, con tres nudos estos lienzos de tres colores; átalos pronto, Amarilis, y di: "Atando estoy los lazos de Venus."

Traed de la ciudad a casa, conjuros míos, traed a Dafnis.

Así como un mismo fuego endurece este barro y derrite esta cera, así con mi amor suceda a Dafnis. Desparrama la salsa mola y quema con betún esos frágiles laureles. Funesto Dafnis me abrasa de amor, y yo abraso a Dafnis en este laurel.

Traed de la ciudad a casa, conjuros míos, traed a Dafnis.

Cual novilla rendida de buscar al toro por los bosques y los altos montes se deja caer sobre las verdes juncias a la margen de un río y no se acuerda de volverse aun ya muy entrada la noche, tal este Dafnis de amor por mí, sin que yo me cure de aliviarle.

Traed de la ciudad a casa, conjuros míos, traed a Dafnis.

Estos despojos me dejó el pérfido en otro tiempo, caras prendas de su amor, y yo ahora te las entrego, ¡oh tierra!, en este mismo dintel; estas prendas están obligadas a devolverme mi Dafnis.

Traed de la ciudad a casa, conjuros míos, traed a Dafnis.

El mismo Meris me dio estas hierbas y estos venenos cogidos en el Ponto, donde nacen en grandísima abundancia. Muchas veces con ellos he visto a Meris convertirse en lobo y vagar por las selvas; muchas veces le he visto sacar los espíritus de los hondos sepulcros y trasladar de una parte a otra los sembrados.

Traed de la ciudad a casa, conjuros míos, traed a Dafnis.

Saca esas cenizas, Amarilis, y arrójalas al arroyo por encima de tu cabeza, sin mirar atrás. Con este ensalmo veré de vencer a Dafnis; pero él no hace caso ni de los dioses ni de los ensalmos.

Traed de la ciudad a casa, conjuros míos, traed a Dafnis.

¡Mira, mientras me tardo en sacarla, de suyo la ceniza ha rodeado el ara con trémulas llamas! ¡Ojalá sea para bien! No sé que será, pero Hílax está ladrando a la puerta. ¿Podré creerlo? ¡O será que los amantes se fingen sueños a su antojo?

Basta, que ya vuelve Dafnis de la ciudad; basta ya, conjuros míos.

ÉGLOGA IX

El pastor Meris se encuentra, en el camino de Mantua a Roma, con su amigo Lícidas y le cuenta la desgracia de los labradores de aquella tierra, y en especial la de su amo Menalcas, oprimidos por la tiranía de los soldados.

(Lícidas. Meris)

LÍCIDAS

¿Adónde diriges tus pasos, Meris? ¿Acaso a la ciudad, a la cual conduce ese camino?

MERIS

¡Oh Lícidas!, tanto habremos vivido para que (cosa que nunca debimos recelar) un forastero, apoderado de nuestro pobre campo, nos diga: "Mías son estas tierras; emigrad, antiguos colonos." Vencidos ahora, tristes, pues todo lo trastorna la fortuna, le enviamos estos cabritos, que mal provecho le hagan.

LÍCIDAS

Pues yo había oído decir que desde donde empiezan estos collados a rebajarse y descender con suave pendiente hasta la ribera del río y hasta esas añosas hayas desmochadas ya, todo lo había conservado vuestro Menalcas, merced a sus versos.

MERIS

Lo oíste, y así corrió la voz; pero tanto valen nuestros versos, ¡oh Lícidas!, entre los dardos de Marte, cuánto pueden las palomas de Caonia ante la embestida de las águilas; a punto que si la siniestra corneja no me hubiese amonestado, desde una hueca encina, que no me metiese en nuevas contiendas, ni éste, tu Meris ni el mismo Menalcas estarían con vida.

LÍCIDAS

¡Ah! ¡Cabe en alguno tamaña maldad? ¿Será posible que contigo, ¡oh Menalcas!, hayamos estado a punto de perder nuestras delicias? ¿Quién, faltando tú, habría cantado las Ninfas? ¿Quién habría esparcido por la tierra floridas hierbas o cubierto las fuentes con verdes sombras? ¿Quién habría compuesto estos versos, que poco ha te robé sin que me sintieses cuando te ibas a ver a Amarilis, nuestro encanto? "¡Títiro, mientras vuelvo, que no voy lejos, apacienta mis cabrillas, y después de apacentadas, llévalas a beber; mas en el camino guárdate, Títiro, del morueco, porque embiste y hiere."

MERIS

Estos otros más bien, que aún no limados, dedicaba a Varo: "Los cisnes canoros sublimarán tu nombre hasta las estrellas con tal que nos conserves a Mantua, a Mantua, ¡ay!, harto cercana a la desgraciada Cremona."

LÍCIDAS

¡Así tus enjambres eviten los tejos de Córcega! Así apacentadas con cantueso rebosen de leche las ubres de tus vacas. Comienza, si algo recuerdas. También a mí las Musas me hicieron poeta, también yo compongo versos, también a mi me llaman poeta los pastores, pero yo no los creo, porque hasta ahora no me reconozco digno de celebrar a Varo y Cina; antes soy ánade que grazna entre canoros cisnes.

MERIS

Eso procuro, Lícidas, y aquí en mi idea trato de recordar unos versos que no han de parecerte del todo malos: "Ven, ¡oh Galatea!, ¿qué placer encuentras en jugar con las aguas? Aquí brilla la purpúrea primavera; aquí en torno de los ríos produce la tierra pintadas flores; aquí el álamo blanco señorea la gruta y las flexibles vides tejen sombrías enramadas. Ven, deja a las furiosas olas estrellarse en la playa,"

LÍCIDAS

¿Y aquellos versos que una noche serena te oí cantar a tus solas? Recuerdo el ritmo, pero no la letra.

MERIS

"¿Para qué contemplas, ¡oh Dafnis!, el nacimiento de las antiguas constelaciones? Mira cómo se levanta ahora el astro de César, hijo de Venus, astro a cuyo influjo se regocijarán los campos con ricas mieses y se colorarán las uvas en las solanas. Injerta tus perales, Dafnis; tus nietos algún día cogerán el fruto." El tiempo se lo lleva todo, hasta el aliento; me acuerdo que cuando yo era muchacho, me pasaba días enteros cantando; todos aquellos versos se me han olvidado ya. Hasta la voz falta a Meris; los lobos, sin duda, vieron a Meris los primeros; pero bastantes veces te repetirá Menalcas esos versos que deseas.

LÍCIDAS

Con esos pretextos vas alargando complacerme, y eso que ahora tienes la mar en silencio y han caído. ya lo ves, todos los murmullos del aura. A mitad estamos del camino, pues ya empieza a descubrirse el sepulcro de Bianor; cantemos aquí, Meris, aquí donde estos labradores están podando las espesas ramas. Deja aquí tus cabritos; tiempo tenemos para llegar a la ciudad, o si temes que antes la noche nos sorprenda lluviosa, vamos cantando por el camino, y así nos será menos enojoso; para que podamos caminar cantando, yo te aliviaré de esta carga.

MERIS

Déjate de eso, zagal, y tratemos ahora de lo que importa. Cuando vuelva Menalcas cantaremos más a gusto aquellos versos.

ÉGLOGA X

Canta Virgilio el dolor de Galo, abandonado por su ingrata Lícoris.

GALO

Inspírame, Aretusa, este último canto. Pocos versos diré a mi Galo, pero ha de leerlos la misma Lícoris; ¿quién negará versos a Galo? Así, cuando te deslices por debajo de las olas sicilianas, no mezcle Doris sus amargas aguas con las tuyas. Empieza: digamos los afanosos amores de Galo, mientras mis romas cabras despuntan los tiernos matorrales. No en vano cantaremos; todas las selvas nos responderán con sus ecos.

¿En qué florestas, en qué bosques os ocultabais, vírgenes Náyades, mientras sucumbía Galo a un indigno amor?, porque no os detuvieron ni las cumbres del Parnaso, ni las del Pindo, ni la fuente de Aganipe Aónida. Los laureles le lloraron, lloráronle también los tamariscos; también le lloró el pinífero Ménalo, viéndole yacer tendido al pie de una solitaria peña, y le lloraron las rocas del helado Liceo. Inmóviles están en derredor las ovejas (ni ellas se desdeñan de nosotros ni las desdeñes tú, ¡oh divino poeta!, también el hermoso Adonis apacentaba ovejas algún día al margen de los ríos).

Vino el ovejero, vinieron los tardos boyeros y Menalcas, todo empapado de recolectar la bellota inverniza. Todos preguntan: "¿De dónde nace ese fatal amor?" Vino Apolo y te dijo: "¡Oh Galo!, ¿cuál locura es la tuya? Lícoris, tus amores, va siguiendo a otro por entre las nieves y los horribles campamentos." Vino también Silvano, ceñida la sien de agreste guirnalda, sacudiendo floridas espadañas y grandes azucenas. Vino luego Pan, el dios de la Arcadia, al que vimos pintado con las rojas hayas del yezgo y con bermellón. "¿Acabarás esto? -dijo-. El Amor no se cura de tus quejas; el cruel Amor no se harta de lágrimas, ni de agua las hierbas, ni de cantueso las abejas, ni de ramaje las cabras." Y el triste Galo exclamó:

"Vosotros, ¡oh Árcades!, cantaréis estas cosas a vuestros montes vosotros, ¡oh Árcades!, únicos hábiles en el canto. ¡O cuán blandamente descansarán mis huesos si vuestro caramillo dice en algún tiempo mis amores! ¡Y ojalá hubiese yo sido uno de vosotros, o pastor de vuestros rebaños, o viñador de vuestras cepas maduras! Cierto que ya hubiese amado a Filis, ya a Amintas, ya a cualquiera otro (¿qué importa que Amintas sea moreno?; oscuras son también las violetas y oscuros los jacintos). Conmigo estearía entre los sauces bajo la flexible vid. Filis cogería para mí coronas de flores, y Amintas cantaría. Aquí hay frías fuentes, aquí blandos prados, ¡oh Lícoris!, aquí hay bosques, aquí viviría yo y moriría contigo; pero mi loco amor me retiene entre las armas del duro Marte, entre los dardos qué se cruzan y los contrapuestos enemigos, mientras tú, lejos de tu patria (¡así pudiera no creerlo!), ves sola y sin mí, ¡oh cruel!, las nieves alpinas y los fríos del Rin. ¡Ah! no te lastimen los fríos, no hiera el áspero hielo tus delicadas plantas. Iré y cantaré, al son de la avena del pastor siciliano, las canciones que he compuesto en verso calcídico. Decidido estoy ya a padecer en medio de las selvas, entre las cuevas de las fieras, y a grabar en los tiernos árboles mis amores; crecerán los árboles, y con ellos creceréis, amores míos. Entre tanto recorreré las márgenes del Ménalo en compañía de sus Ninfas, o cazaré los fieros jabalíes; no me impedirán los más rigurosos fríos rodear con mis perros los bosques partenios. Ya me estoy viendo ir por las breñas y los resonantes bosques; pláceme disparar saetas cidonias con el arco de los partos, como si todo esto fuese remedio para mi delirio o supiese aquel dios compadecerse de las desgracias de los hombres. Ya no me recrean las Hamadríadas ni aun los mismos cantares; hasta de vosotras mismas, ¡oh selvas!, me despido para siempre. Mal podrían mis afanes mudar la condición de aquel dios; ni aun cuando bebiera las aguas del Hebro en mitad del invierno y arrostrase las nieves y las lluvias de la Tracia; ni aun cuando apacentase las ovejas de los etíopes bajo el signo de Cáncer, cuando se reseca y desquebraja la corteza en los altos olmos. El Amor lo vence todo; sometámonos, pues, al Amor."

Basta, divinas Piérides, a vuestro poeta haber cantado estos versos mientras sentado tejía un canastillo de flexibles mimbres; vosotras los realzaréis a los ojos de Galo; de Galo, cuyo afecto crece tanto en mi cada hora cuanto crece el verde olmo a cada nueva primavera. Levantémonos de aquí; suele la sombra ser nociva a los cantores. Nociva es, sobre todo, la sombra del enebro; también para las mieses es nociva la sombra. Id repastadas al aprisco; id, que ya asoma el Héspero, cabrillas mías.

FIN DE "LAS ÉGLOGAS"